Andreas Krauße

# DER MUT EINER LÖWIN

tredition

Andreas Krauße

# DER MUT EINER LÖWIN

tredition

**Andreas Krauße**, Jahrgang 1968, wuchs in einem Märchenland auf, das heute verschwunden ist. Seine feste Burg war umringt von sieben blauen Seen und nicht wenig flachem Land. Schon als Junge flog er hoch hinauf zu den Wolken. Er wollte sehen, was dahinter ist. Später studierte er zwischen hellen Bergen über den Ursprung der Energie. Dort, wo ein König einst sein Gewicht in Gold aufwog. Er wollte wissen, wie alles funktioniert. Zu jeder Zeit aber träumte er! Denn verwoben mit der Fantasie, glitzert die Welt so festlich, wie sie immer sein wollte! Heute lebt Andreas im Norden; er schreibt Geschichten, Novellen und Romane. Es sind seine Träume, in Worte gefasst. Lies sie – genau dafür hat er sie aufgeschrieben!

**Impressum**
© 2023 Andreas Krauße

2., neu bearbeitete Auflage

ISBN Softcover: 978-3-347-95247-8
ISBN E-Book: 978-3-347-95248-5

Druck und Vertrieb: tredition GmbH, An der Strusbek 10, 22926 Ahrensburg, Germany

„Jeder Stern leuchtet, jeder nach seiner Art!",
Agnello Partecipazio, Doge von Venedig, 810

**Die Lagune** lag versteckt unter dichtem Nebel, noch unentdeckt von der erwachenden Sonne. Estrella liebte diesen Augenblick, wenn Wasser und Nebel sich glichen. Gleichsam schwebend zwischen den Elementen stand es ihr dann frei, sich in eine geheimnisvolle Welt voll mit Unbekanntem hinein zu träumen.

Oft fühlte sie jemanden an ihrer Seite dabei. Ein Gesicht erkannte sie nicht, doch er war ihr so nahe, wie sonst keiner in ihrem Leben. Lachende Kinder spielten im kleinen Park zwischen Bäumen und winkten ihr fröhlich. Erfüllt vom Duft herrlicher Speisen hallte ihr Haus wider von den Stimmen der Freunde. Sie selbst war mitten unter ihnen. Und trug ein richtiges Kleid! Der kostbare karmesinrote Damast schmeichelte ihren Bewegungen, die feinen Goldverzierungen schmückten ihr glückliches Lachen.

Estrella strich eine störende Haarsträhne aus dem Gesicht und betrachtete den von der Sonne ausgeblichenen azurblauen Rock mit dem Flicken darauf und das grob gewebte Hemd ihrer Mutter, das sie jetzt trug.

War das Kleid ihres Traums ein Geschenk? Es musste so sein. Sie selbst konnte sich solchen Stoff nicht leisten. Doch wer würde es ihr schenken, was musste sie geben dafür?

Immer dichter drängten ihre Träume in letzter Zeit. Erwachte sie aus ihnen, hörte sie das Pochen ihres Herzens. Fühlte, dass sie sich entscheiden musste.

Sie liebte die Stille der Lagune. Wenn sie allein war auf dem Wasser, fühlte sie sich lebendig. Verstecke, die niemand sonst fand, waren ihr Zuflucht und Zuhause.

Ganze Tage konnte sie damit verbringen, auf dem warmen Sand hockend, das Leben der Lagune zu beobachten. Ihr gefiel das ruhige Blau des Wassers, wenn Ebbe war und es dem Himmel über der Lagune reichlich Platz bot. Kleidete es sich mit der Flut in sattes Grün, hatte das Meer seinen Teil beigetragen, neues Leben zu den Inseln geschwemmt, die alle hier Rivoalto nannten.

An anderen Tagen atmete sie so schmerzhaft voll von Sehnsucht die lebendige Stadt, die gerade auf allem entstand, dass sie nichts tun konnte, als sie zu durchstreifen und alles in ihr Herz aufzunehmen, was sie sah.

Ihre Augen leuchteten, wenn sie durch die schattigen Gassen Venedigs schlenderte. Zwischen den Häusern boten sich ihr stets überraschende neue Wege, denen sie willig folgte. Entdeckte sie einen solchen unbekannten Teil für sich, war ihr, als lasse sie einen Teil von sich zurück, damit das Neue Platz habe.

Weiteten sich die Gassen der Stadt, wuchsen auch die Häuser mit ihnen. Ihre Fassaden blickten freundlich auf die Lagune und auf die grünen Gärten, waren prunkvoll und bunt. Die Fensteröffnungen, hoch und geschwungen, wirkten, als trügen ihre steinernen Bögen das Gewicht der Mauern gern noch weiter empor.

Adern gleich zog sich die Lagune durch die Stadt. Überall hatte sie ihr Netz ausgelegt, in dem sie das Leben fing. Die Häuser und Plätze, die Brücken und Kanäle, die Früchte spendenden Gärten und die Lagerschuppen für die Handelsware der Kaufleute, die überall entstanden: Sie zusammen waren die große Bühne, auf der die Menschen arbeiteten, liebten und lachten.

Es war zwar ihre Heimat. Doch Estrella fühlte sich wie ein unsichtbarer Schatten darin, der durch eine Traumwelt lief. Zu keinem war sie gehörig, von keinem wurde sie vermisst. Durfte es nicht mehr geben für sie, als nachts in der Lagune zu fischen und Tags zu sehen, wie die anderen lebten? In ihrem Innern krampfte sie sich zusammen, wenn ihre Seele so dachte.

Sie wusste niemanden, der Rat kannte. Der alte Fischer in ihrem Viertel zuckte nur mit den Schultern, wenn sie fragte. Sie sei nun einmal die Tochter eines Fischers, das würde sie immer bleiben. Und Fischer fingen Fisch.

Verlor sie sich in ihren Träumen oder fand sie sich selbst mit ihnen? War ihr Mut groß genug, ihr altes Ich zu verlieren, um das neue zu suchen?

'Lieber ein Tag als Löwe, als hundert Leben wie ein Schaf', hatte Vater gesagt, wenn er selbst Mut brauchte.

Bäuchlings legte Estrella sich über den Vordersteven ihres kleinen Bootes und beobachtete, wie das mit hellem Blau bemalte Holz unter ihr lautlos durch das ruhige Wasser glitt.

Hin und her wiegte es sich sanft dabei, als freue es sich, mit seinem Gefährten, dem nassen Element, zu reisen. Seine lichte Farbe leuchtete dem viel dunkleren Blau des Wassers ringsum, und das dunkle Wasser warf die Helligkeit zurück zum Boot und trug es auf Händen, glitzernd und bebend wie ein Spiegel.

Estrella betrachtete sich in diesem lebendigen Spiegel.

Ihre hohe Stirn war umrahmt von langem schwarzen Haar. Zu einem Zopf gebunden, lag es über der einen Schulter. Die widerspenstige schwarze Strähne, die sie vorhin gestört hatte, hing ihr vor dem Gesicht hinab, als wolle sie ins Wasser langen und ihr Gegenstück, das sich ihr daraus entgegen reckte, berühren. Zwischendurch, wenn ein Lufthauch sie bewegte, kam sie mal so nah an die regen dunkelbraunen Augen und die außen aufwärts geschwungenen dunklen Brauen, dass Estrella blinzeln musste, und fuhr ein anderes mal kitzelnd über ihre schlanke Nase und berührte dabei das gebräunte Gesicht. Es war wie ein Spiel, bei dem Estrella versuchte, die Strähne mit geschürzten Lippen und pustend abzuwehren.

Die junge Frau tauchte ihre Hand in das viel dunklere Blau des Wassers unter ihr, dort, wo der Bug ihres Bootes den lebendigen Spiegel zerteilte. Obwohl sie schon eine geraume Weile nicht mehr ruderte, fühlte sie die Fahrt, die das kleine Gefährt immer noch innehatte.

Die feine Gliederkette aus Metall, ihr einziger Schmuck, lag dabei um ihr Handgelenk. Sie funkelte zu der gebräunten Haut. Stolz trug sie diesen Schmuck. Zusammen mit dem braunen Kapuzenumhang, der innen mit scharlachrotem Stoff benäht war, und den Estrella vom Vater übernommen hatte, wies er sie als Fischerin der Lagune aus.

Sanft fuhr Estrella über das Holz und lächelte vor sich hin.

Vater hatte das Boot eigenhändig gebaut. Es war wendiger und schlanker als die der anderen Fischer.

'Weiter hinaus kann ich damit fahren', hatte er stolz gesagt, als es endlich fertig war, 'bis hin zum Meer. Von nun an fange ich so viel Fisch, dass wir stets satt werden davon. Was übrig ist vom Fang, tauschen wir auf dem Markt für Gemüse und Brot ein.'

Estrella richtete sich auf und nahm in der Mitte des Bootes auf einem abgewetzten Brett Platz. Zu ihren Füßen im geflochtenen Korb lag der nächtliche Fang verwahrt. Zwei Fische waren es nur. Das war alles, was sie für heute zur Speise hatte.

Vater hätte gewiss reichere Fischgründe gefunden.

Doch sein Boot trieb leer zurück, damals, an jenem Wintertag, als der Sturm die Lagune verwüstete und Mutter starb. Seitdem war das hellblaue Boot ihr einsames Zuhause. Estrella ließ zu, dass alles verschwamm ringsum, wie damals.

**Ganz nahe** versank plötzlich etwas Schweres patschend im Wasser.

'Als ob Steine fallen!', Estrella wischte die Tränen fort und lauschte.

Fremde Worte drangen barsch durch den Nebel.

Die junge Frau hielt das Boot reglos und sah sich aufmerksam um. Sie konnte nicht weiter als bis zum Ende der Ruder sehen, doch sie spürte die Wellen gegen den Rumpf des Bootes vibrieren, hörte das dumpfe Poltern der Steine über den Grund. Das Wasser war plötzlich unruhig und verschmutzt, seine gewohnte Strömung gelähmt. Irgendetwas stimmte nicht.

Wieder erklang das Patschen, herrschten die Worte danach.

Da drückte Estrella entschlossen die Ruder durch das Wasser und schob das Boot voran. Sie wollte herausfinden, was hier geschah. Dazu musste sie aus dem Nebel heraus.

Zuerst sah sie nur eine Fahne sich träge im Nebel wiegen. Doch es war nicht der Löwe von San Marco, der da erwachte.

„Der Adler der Franken!", flüsterte Estrella schaudernd.

Seit Tagen schon reckte der seine schwarzen Schwingen drüben auf Malamocco, der lang gestreckten Insel, die die Lagune schirmte vor dem Meer.

Bauchige Seeschiffe waren mit ihm gelandet und zahllose Krieger, deren Rüstungen vom Salz der Überfahrt glänzten.

Die Bewohner Malamoccos konnten einzig ihr Leben zum Rivoalto hinüber retten. Dorthin, wo auf den Inseln der Lagune Venedig entstand. Hier erhofften sie sich Schutz, versprach die flache Lagune rings den tief im Wasser liegenden Frankenschiffen Einhalt.

'König Pippin will Venedig strafen mit seinen Waffen', tuschelten die Kanäle der Stadt seither furchtsam.

Gewaltig mussten diese Waffen sein, wenn sie zu führen so viele Krieger nötig waren!

Nachts hatte Estrella vom Wasser aus bereits die vielen lodernden Feuer auf Malamocco gesehen, an denen sich die Fremden wärmten. Hungrig hatte sie dem rauen Lärm des ungebetenen Lagers gelauscht, der die Fische vertrieb. Verführerisch hatten die Braten geduftet, die nun die Bäuche der Franken füllten. Was würden sie tun, wenn alle Braten aufgegessen waren?

Gefährlich nahe an die Stadt gerückt flatterte der Adler nun hier im aufkommenden Wind und reizte höhnisch den Löwen von San Marco, der ihn von den Türmen Rivoaltos aus argwöhnisch beobachtete. Wie kam er so nah vor die Stadt? Die Fischer hatten gesagt, die Lagune halte ihn fern!?

Das Boot durchfuhr eine letzte Nebelbank. Dahinter spiegelte sich die Sonne frei in der Lagune.

Estrella hielt bestürzt den Atem an. Ein gewaltiger Damm teilte wie eine Schlange das Wasser der Lagune von Malamocco aus bis vor San Marco. Nur wenige Bootslängen fehlten dort, dann würde sich ihr Kopf in den Rivoalto verbeißen.

Aus Stein und Erde hatten die Fremden den Damm aufgeschüttet über Nacht!

Gerade jetzt erreichte ein Karren, mit Brocken schwer beladen, das unfertige Ende des Damms und entlud seine Fracht nahe dem städtischen Ufer ins Wasser. Der Feind wollte die Lagune bezwingen! Der schwarze Adler hoch oben an seinem Mast flatterte siegesgewiss.

Eine unsichtbare Faust bohrte sich in Estrellas Bauch.

'Was, wenn die Stadt unterliegt?', Estrella spähte in diese Richtung.

Die Wache musste den Damm gesehen haben! Oder schlief sie ahnungslos?

Estrella sah jedenfalls keine glänzenden Rüstungen wie hier, kein emsiges Treiben dort drüben auf heimischem Boden. Der Markuslöwe schlief!

Estrella stöhnte. Wieder presste die unsichtbare Faust ihren Bauch. Sie hatte sich so sicher geglaubt bis jetzt!

'Das Wasser trägt den Gefährten leicht ans Ziel. Das Böse aber hält es fern', hatte ihr Vater sie beruhigt und ihr die geheimnisvolle Weite der Lagune gezeigt in seinem Boot.

Damals, als sie als Kind ängstlich fragte nach einem dunklen Traum.

Ihre Kinderseele hatte ihm nur zu gern geglaubt, voll Vertrauen auf ihn diese dunkle Last von sich geworfen. Schließlich war ihr Vater ein Fischer der Lagune! Er und der Löwe von San Marco würden nie ein Unrecht zulassen.

Estrella musste lächeln, trotz der Faust in ihren Eingeweiden.

Doch jetzt griff der fränkische Adler nach ihrer Heimat und ihrem jungen Leben, und ihr Lächeln starb wieder.

War der Damm erst vollendet, die Lagune ganz geteilt von den Fremden, würde er seine Schwingen ausbreiten, sich aufschwingen und herabstoßen. Dann böte keine Mauer mehr den Menschen Schutz. Niemand hielte dann den Schrecken auf. Und den Tod.

Das Wasser war der einzige Schutz Venedigs. Beugte es sich vor dem Adler, würde die Stadt im Schatten seiner Schwingen ungeschützt zerbrechen.

Doch war das Meer wirklich geschlagen? Oder wartete es nur auf den rechten Moment, um den Feind zu vernichten?

Voll Hoffnung sah Estrella die gewundene Flanke des Damms entlang.

Träge leckte das Wasser der Lagune daran.

Gerade war Ebbe und der Weg ragte sicher aus den blauen Fluten. Im unteren Bereich, bis dort, wo das Wasser jetzt endete, sicherten ihn Steine. Weiter oben jedoch lag ungeschützt nur gestampfte Erde. Jeder Wellenschlag würde bei Flut ein Stück des Damms verschlingen. Möglich, dass die Fremden gar nicht ahnten, wie gierig das Wasser hier fraß, wenn es drei Handlängen emporgestiegen war!

Estrella zuckte übermütig, so sehr freute sie sich über ihre heimliche Verbündete.

Doch bis zu deren Erstarken würde noch viel Zeit verstreichen. Die Angst, ohnmächtig zu sehen, wie ihre Welt verging, kurz bevor die Rettung wirkte, schnürte Estrella die Kehle zu. Sie schluckte gegen diese neue übermächtige Furcht an und ergriff die Ruder.

Sie musste, so schnell sie konnte, die Stadt warnen! Sicher gab es ein Mittel, die Flut zu begünstigen.

**Erschöpft** langte sie bei den Gärten von Castello an. Dicht an dicht drängten sich die Männer und Frauen auf dem kleinen Platz. Kinder waren auf die Obstbäume geklettert. Estrella glaubte all ihre Blicke auf sich gerichtet, als warteten sie einzig auf ihre Nachricht.

„Wir müssen sie aufhalten!", begann sie deshalb, wies hinter sich nach Malamocco.

Doch niemand hörte ihr zu, keiner sah sie an. Alle starrten weiter auf das Wasser.

Estrella folgte jetzt den Blicken der anderen und wurde starr wie sie. Auf dem nahen Damm formierten sich die Franken zum Angriff! Sie kam zu spät!

Schon der Zeit voraus wie die Übrigen, sah Estrella den schwarzen Adler und seine Krieger sich auf sie stürzen und alles zerschlagen. Selbst als sie die Augen schloss, blieb das schreckliche Bild.

Doch plötzlich zauderte der Adler. Estrella sah eine Gestalt, die das gefräßige Tier packte und es zurück ins Wasser schleuderte, bis es ertrank.

Eine kalte Hand berührte ihre Wange und riss sie aus ihrem Tagtraum. Verwundert sah sie auf.

Eine nackte Frau legte ihr ein grünes Kleid in die Hände. Das schmiegsame Seidentuch war kunstvoll mit Silber verziert. Es fühlte sich so wunderbar weich an, war schön wie das Kleid in ihrem Traum! Etwas so Kostbares hatte Estrella bisher nur an feinen Damen bewundert.

Unsicher schob Estrella das Kleid zu der Fremden zurück, spürte dabei das schwache Echo des Körpers im Stoff. Die Frau musste sich gerade entkleidet haben.

„Nehmt das Kleid ruhig an, schöne Fischertochter!",
schluchzte die nackte Frau. „Ich schenke es euch für
eine Weile. Wir sind ja alle verloren."

Dann, bevor Estrella sich zu bewegen fähig war,
sprang die Frau in die Fluten und ertränkte sich.

Niemand half.

Auch Estrella stand, das Kleid in den Händen, einfach
da. Mit offenem Mund starrte sie auf die Stelle, an der
die Frau verschwunden war. Ihr gequälter Geist zeigte
ihr immer wieder jede Bewegung der Frau bis dorthin.
Sie konnte nicht glauben, was hier gerade geschehen
war! Ihr Herz schlug laut gegen den Schmerz an, so sehr
tat ihr das Unglück weh.

Bald schon schlichen die Umstehenden sich fort von
dem Platz. Sie verkrochen sich in ihren Häusern vor der
Gefahr. Still und ohne Form. Wie der morgendliche
Nebel.

Ganz allein stand Estrella nun auf dem Platz und hielt
ein Kleid in der Hand, über das sie sich zu anderer Zeit
gefreut hätte. Sie sah wieder zu der Stelle, an der die
Frau den Tod gewählt hatte und musste schlucken. Aus
großen braunen Augen heraus hatte die gebrochene
Seele Abschied von ihr genommen und vom Leben.

Das fein geschnittene Gesicht dicht vor ihr, die zarten
Finger, die ihre Wange kaum berührten, die schwarzen
Haare: Hatte sie in einen Spiegel geblickt? Sie ahnte das
Wesen der Frau, kannte ihr Gesicht und fühlte sich ihr
verbunden. Doch einen Namen dazu wusste sie nicht.
Warum hatte die Unglückliche ausgerechnet ihr das
Kleid geschenkt?

„Ihr seid ihr ähnlich. Tragt es. Sie war ein guter Mensch!", ein Mann war neben sie getreten.

In enges Schwarz gekleidet schien er ein Kaufmann, der den Brauch seines Standes ehrte. Nur die Kaufleute Venedigs trugen diese Gewänder ohne Verzierung. Ihr einziger Schmuck waren die zum Ende hin weiter werdenden Ärmel.

Erstes Grau hellte zwar bereits das lange dunkle Haar seiner Schläfen auf, doch sein Körper hatte sich geschmeidig bewegt. Er atmete tief, als sei er zügig gelaufen.

Kurz fuhr seine Hand über die Augen. Mit der Linken rieb er sein rasiertes Kinn und schüttelte kaum merklich den Kopf, während er auf das Wasser starrte.

„War es hier?", dumpfer klang seine Stimme als beim ersten Mal, während er auf das Wasser vor ihnen zeigte.

Estrella nickte. Sie wusste, was er meinte.

Hatte der Mann die Fremde gekannt? Aus den Augenwinkeln heraus beobachtete er sie, das spürte sie. Unsicher wollte sie sich abwenden. Seine Worte aber hielten sie fest.

„Statt dem Adler entgegenzutreten, geben wir auf, bevor er seine Schwingen überhaupt entfaltet. Wahrlich ein leichter Sieg für die Franken!", mit ausgestrecktem Arm beschrieb der Mann einen Bogen um Stadt und Lagune.

„Soll das alles verloren sein?", fragte er lauter.

„Lauft nicht fort wie die anderen!", durchdringend ruhte sein Blick unvermittelt auf Estrella. „Erweist ihr diesen Dienst. Erweist der Stadt einen Dienst!"

Estrella verstand ihn nicht, zögerte erwartungsvoll.

Der Mann überlegte kurz und sah sie an. Dann nickte er.

„Pippin führte sein Heer vor unsere Stadt, weil wir uns nicht unterwarfen. Er ließ uns aber wissen, dass er die Belagerung beendet, sobald wir ihm einen gewissen Tribut gezahlt haben."

Estrella wunderte sich.

„Warum gibt die Stadt das Gold nicht? Es heißt, der Doge ist reich."

Der Mann wiegte den Kopf.

„Es geht nicht um Gold allein."

Estrella zog eine Augenbraue empor.

„Pfh!", verächtlich presste der Mann zwischen seinen Lippen die Luft hervor. „Er verlangt außerdem, dass wir ihm die Tochter des Dogen ausliefern. Ganz versessen ist er nach ihr."

Estrella hielt noch immer das Kleid in Händen. Trotz seiner Schönheit fühlte es sich plötzlich fremd an.

„Hat der Doge eine Tochter?"

Kraftlos sanken die Schultern des Mannes hinab.

„Nein."

Estrella wich rückwärts vor dem Fremden zurück.

„Ihr spielt ein dunkles Spiel!", schnaubte sie verärgert. „Ihr sagtet, Pippin sei verrückt nach ihr. Wie kann er das, wenn es sie nicht gibt?"

Weiter wich sie vor ihm zurück. Doch der Mann versuchte gar nicht, ihr zu folgen.

„Er sah sie noch nie. Nur ein Bild von ihr trägt er stets mit sich!", plötzlich sah Estrella die Tränen in seinen Augen glänzen. „Ihr jedoch kennt ihr Antlitz und haltet ihr liebstes Kleid."

„Vorhin, das war eure Tochter?", erschrocken ließ Estrella das Kleid fallen.

Am liebsten hätte sie ihn getröstet. Doch durfte sie das?

„Dann seid ihr Doge Agnello!", ungläubig legte sie ihre Hände auf die Lippen, als bereue sie ihre Worte.

Agnello nickte knapp.

„Mein Amt ist eine entsetzliche Bürde. Um die Stadt zu retten, war mir auferlegt, meine Tochter zu opfern. Sie konnte es nicht. Ich wollte es erzwingen!", der Doge schluckte hart. „Heute sagte sie mir, sie werde wenigstens in der Heimat sterben. Und umarmte mich. Sie hätte Hoffnung geschöpft, dass sich alles fügen werde, glaubte ich. Doch sie hatte ganz anders gewählt!"

Der Doge sah Estrella fest an und danach das Kleid.

„Ihr seht ihr so ähnlich! Jetzt habe ich nur noch euch!"

„Mich?", Estrella hob mechanisch das Kleid vom Boden auf.

Es gehörte dort nicht hin.

Plötzlich begriff sie, was der Doge von ihr erwartete. Es war so einfach für ihn! Sie sollte vor den fremden König treten, als Preis für die Stadt.

Alles schien sich zu drehen um sie und die unsichtbare Faust schlug so stark in ihren Bauch, dass sie sich krümmte.

Estrella taumelte.

War das der Preis für dieses Kleid? Hatte ihr Traum sie getäuscht?

Sie wollte es nicht, dieses Kleid. Sie brauchte es nicht! Sie fühlte kaum, dass der Doge sie stützte.

„Nein!", wollte sie schreien, doch kein Ton kam ihr über die Lippen.

Das konnte der Doge nicht von ihr verlangen. Nicht das. Sie war eine einfache Fischertochter!

Die unbeschwerten Jahre ihrer Kindheit zogen an ihr vorüber. Sie sah sich selbst, wie sie leichtfüßig die geliebte Stadt erkundete. Wieder und wieder. Noch einmal griffen die alten Mysterien nach ihr, die in den dunklen Ecken der Häuser und Gassen rankten. Und auf entlegenen Inseln in der Lagune. Geheimnisse und Legenden, die sie umgarnten und schaudern ließen, hatte sie sich bei ihnen erst versteckt vor der Wirklichkeit.

War sie die Einzige, die so fühlte?

Sie erinnerte sich an ihr kindliches Staunen über die Schönheit der feinen Damen, wenn die an ihr vorüber gingen. Nur für sie rauschten ihre kostbaren Kleider! In Gedanken wurde sie selbst noch einmal zur jungen Frau bis hierher.

Es gab die, die sagten, sie sei sehr schön. Estrella glaubte nicht, dass dies stimme. Sicher waren die Leute nur zu höflich.

Doch die vielen tiefen Erlebnisse, die ihr einsames Dasein bot, ihr ganz eigenes Lebenswunder, lockerten behutsam die unsichtbare Faust in ihrem Innern.

Estrella lächelte sogar, als sie an ihren Traum dachte. Nie durfte sie ihn verlieren, ihren Gedanken vom Glück. Ohne ihn wäre sie nicht mehr. Wollte sie nicht sein.

Sie musste für ihn kämpfen, wusste sie plötzlich, durfte nichts unversucht lassen, ihn mit sich zu füllen!

Noch etwas ahnte sie. Alle Menschen, auch der Doge, hatten ganz eigene Träume, die sie führten. Sollte sie zusehen, wie der schwarze Adler alle diese Träume in der Lagune zerstörte? Er warf doch bereits drohend seinen Schatten auf ihrer aller Leben. Konnte sie denn jetzt vor allem fliehen, in dem Wissen, dass alles zermalmt würde, was ihren Traum genährt hatte bis hierher?

Nein!

Wenn es möglich war, dass sie die geliebte Stadt und die in ihr gedeihenden Träume retten konnte vor diesem fremden Dunkel, wollte sie es versuchen!

Ihr Herz schlug ungestüm bis zum Hals. Der Augenblick der Entscheidung war gekommen.

„Also gut!", entschlossen klang ihre Stimme und so fühlte sie auch. „Pippin wird das Kleid erkennen. Mein Gesicht nicht."

Sie straffte sich.

Der Doge hob den Kopf bei ihren Worten.

„Ich hatte schon alles verloren gegeben!", flüsterte er. „Ihr habt den Mut einer Löwin."

Estrella lächelte. Er meinte es ehrlich, das spürte sie. Seine dunklen Augen sagten ihr, dass er nur zu gut wusste, was er ihr aufbürdete.

'Eine Löwin.'

Es klang gut, fand sie.

Eine stolze Löwin aber gab sich nicht ohne Willen in die Hände eines Fremden. Sie bestimmte ihr Leben selbst. Und kämpfte für die ihren! Estrella atmete tief ein. Sie hatte sich entschieden.

'Lieber ein Tag als Löwe, als hundert Leben wie ein Schaf!'

Unvermittelt öffnete sie ihr Hemd, löste die Schnur ihres Rockes und streifte beides ab. Nackt stand sie dann in der Sonne.

„Bin ich schön?", fragte sie ernst.

Sie spürte Agnellos begehrliche Blicke danach auf ihrer Haut. Er wollte sie verbergen, während er ihr schweigend in das ungewohnte Kleid half.

Sie kannte diese Blicke.

Wenn sie allein in der Stadt unterwegs war oder hierher nach Castello zu ihrem kleinen Garten, warfen ihr die Männer bisweilen ebensolche Blicke zu. Sie hatte stets getan, als sei sie mit anderem beschäftigt.

Doch Agnellos Blick wanderte anders über ihren Körper. Tief reichte er unter ihre Oberfläche. Konnte er womöglich in ihr Herz sehen? Dann musste er um ihren Traum wissen!

Estrella war sich nicht sicher, ob sie sich vor seinen Blicken verstecken oder sie genießen wollte.

Nachdem er eine letzte Schlaufe geschlossen und einen Schritt rückwärts getreten war, betrachtete er sie. Schließlich nickte Agnello zufrieden.

„Ihr seid wunderschön, ja."

Er lächelte dabei.

Estrella ergriff ihre alte Kleidung. Wie eine abgelegte Haut fühlte sich der raue Stoff an. Zu nichts mehr nutze und doch wertvoll. Entschlossen legte Estrella sie zurück auf die Steine.

Dann machte sie das kleine Boot bereit.

Agnello, der ihr helfen wollte, wehrte sie ab.

„Sucht ihr jemanden, der für die Stadt kämpft, falls Pippin sein Wort bricht."

Erstaunt warf er ihr einen Blick zu. Dann sah er sich suchend nach dem leeren Platz um.

Aus dem Dunkel eines Hauseingangs eilte ein Mann zu ihm. Er war lang gewachsen und hager. Eine schreckliche Narbe entstellte sein Gesicht. Doch das verbliebene Auge war klar und ruhig.

Beide wechselten flüsternd wenige Worte, bevor der Unbekannte wieder im Schatten verschwand.

Agnello kam zu ihr und gemeinsam stiegen sie in das kleine Boot. Es wiegte sie hin und her auf den Wellen dabei, als fordere es übermütig zum Tanz auf.

Agnello ergriff die Ruder. Schnell nahm er am Damm entlang Fahrt auf.

Estrella sah hinüber zu den Kriegern, die sich dort sammelten. Der Adler über ihnen regte sich angriffslustig und dehnte seine Schwingen. Sein Schatten war gewachsen.

Das schlanke Boot teilte die Wellen, die sich um seinen Bug schmiegten, kraftvoll in helle Spritzer. Es schien, als wolle es mit ihnen gemeinsam übers Wasser fliegen.

Die einsetzende Flut färbte das Wasser der Lagune bereits grün und vertrieb das Blau. In der Ferne erwachte der Nebel, der sie begleitete.

Plötzlich fühlte Estrella sich wieder sicher auf den Wogen. Wie damals als Kind, als sie mit Vater die Lagune erkundete.

Schon weit zurück und winzig sah sie die fremden Krieger auf dem Damm in Richtung Stadt ziehen. Es würde ihnen schlecht ergehen. Bald!

Unter ihrem Sitz holte sie ein Messer hervor. Die kurze Klinge schimmerte matt.

„Ihr dürft euch nichts antun!", der Doge runzelte die Stirn. „Dann wäre alles vergebens!"

Estrella verstaute das Messer in den Falten des Kleides.

„Ich bin eine Fischertochter. Ich warte geduldig. Wenn der rechte Moment aber gekommen ist, tue ich, was ich kann!"

Sie lächelte zu Agnello hinüber.

Dann sah sie an ihm vorbei zum Horizont. Dort stand das weiße Zelt eines fremden Königs.

**Als das Boot** anlegte auf Malamocco, glotzten die fränkischen Krieger sie an. Estrella spürte förmlich das vergossene Blut, das an ihren Waffen haftete. Sie fror unter der verfluchten Kälte ihrer Seelen, die in ihren Augen schlummerte.

Plötzlich hatte sie Angst. Sie musste das Boot verlassen und ihren Begleiter. Inständig bat sie stumm ihren Mut, ihr zu folgen auf dieses Land, damit sie nicht allein unter Fremden war.

Auf was hatte sie sich da eingelassen? Wie konnte sie so vermessen sein und glauben, sie allein könne die Stadt retten?!

Der Umhang, den Agnello ihr um die Schultern legte, war ab hier ihr einziger Schutz vor den bohrenden Blicken der Männer.

„Wenn sie mich lassen, warte ich hier!", raunte er ihr zum Abschied zu. „Geschieht Unvorhergesehenes, kommt schnell hierher!"

Sie wollte sich bereits abwenden. Doch Agnello hielt ihre Hand fest.

„Ich kenne euren Namen nicht, Fischertochter!"

Estrella schluckte und kämpfte mit den Tränen.

„Estrella. Wie der Stern, der allen leuchtet!", schluchzte sie und fuhr sich mit der freien Hand über die Augen. „Doch ich fürchte, heute strahle ich nicht."

Agnello zog sie näher an sich heran und flüsterte.

„Jeder Stern leuchtet, jeder nach seiner Art."

Sie spürte seine flüchtige Berührung an der Stirn.

„Meine Tochter erhellte meine Tage bisher. Hüllt ihr nun die Lagune in kraftvolles Licht!"

Merkwürdig steif kamen ihre eigenen Bewegungen ihr vor, als sie danach durch das enger werdende Spalier der Feinde schritt. Doch sie setzte Fuß vor Fuß, unbehelligt. Bis sie angelangt war bei dem weißen Zelt mit der Königsstandarte, die schon seit Tagen wehte hier auf Malamocco.

Ein Diener lief vor ihr her in das erhöht aufgeschlagene Zelt.

Estrella war, als streife ihre Seele über ihr umher und beobachte alles ringsum, während sie reglos vor dem weißen Zelt wartete. Was würde sie erwarten, hier unter den Feinden? Sie fühlte nach dem Messer in seinem Versteck.

Endlich schlug der Diener eine Zeltplane zur Seite und gab den Blick frei auf das Innere des Zeltes.

Im gedämpften Licht sah Estrella einen hoch gewachsenen Mann. Sein langer roter Bart reichte ihm bis auf die Brust. Das schüttere Haupthaar von gleicher Farbe hing ihm bis zu den Schultern. Und seine Augen stachen wie die des Adlers auf der Fahne. Estrella wich ihnen aus.

Der Rothaarige kam ihr entgegen.

„Seid gegrüßt, edle Dame!", unbeholfen und rau klang das Vèneto aus seinem Mund. Seine derbe Hand bot sich ihr an. Ein wuchtiger Ring. Ein gewaltiger Adler. Beide reckten sich ihr weit entgegen.

Estrella starrte stumm auf den riesigen Ring, ehe sie die Hand ergriff. Pippin! Der König war wirklich besessen.

Die Hand führte sie über festgestampfte Erde bis zu einem Stuhl. Dort, vor einem runden Tisch, auf dem Früchte zum Verzehr einluden, entließ sie Estrella. Die ganze Zeit über hatte die fremde Hand kaum sichtbar Befehle erteilt.

„Nehmt Platz, Estrella. Lasst uns speisen!", Pippin lächelte kalt. „Ihr kommt spät. Fast zu spät!"

'Er wird sein Wort nicht halten!', durchfuhr es Estrella heiß.

Ihr Gesicht rötete sich.

Er wusste ja bereits ihren Namen! Wozu die Maskerade, wenn Pippin doch um den Betrug wusste?

Der Franke setzte sich ihr gegenüber.

Sein Diener legte Estrella ein viel zu dickes Kissen auf den Stuhl, bevor sie sich setzen konnte. So schwungvoll verstreute er duftende Blüten auf dem Tisch, dass eine von ihnen hinab auf den Boden fiel. Gefüllte Gläser standen wie von Zauberhand gebracht bereit, Kerzen an einem schweren Leuchter waren plötzlich entzündet.

Der Diener zog sich zurück und zertrat auf seinem Weg achtlos die gefallene Blüte. Estrella musste beim Anblick der sterbenden Blume schlucken.

Sie zwang sich, ihren Blick durch das Zelt schweifen zu lassen.

Ihr gegenüber auf einer Staffelei war ein Gemälde aufgestellt. Es zeigte unverkennbar die junge Frau, die heute ertrunken war. Wie schön sie war, als sie lachte!

Ihr Antlitz und das Kleid, das sie trug, waren gekonnt gemalt.

Estrella erwartete jeden Augenblick, dass die Frau sich zu ihnen in die Wirklichkeit gesellen würde.

Wie erstaunt folgte der König ihrem Blick und drehte sich zu dem Bild um.

„Erkennt ihr euch, Estrella? Das Kleid ist wirklich gut getroffen, findet ihr nicht?", Pippin rieb sich den roten Bart, bevor er ein Glas erhob und ihr entgegen streckte.

Seine Augen stachen wieder wie die des Adlers.

Estrella war erleichtert und bestürzt zugleich.

'Jeder Stern leuchtet, jeder auf seine Art!'

Das war es also, was die Worte bedeuteten. Agnellos Tochter hieß wie sie! Estrella lächelte. Der fremde König glaubte wirklich, die Tochter des Dogen sei bei ihm!

Agnellos Teil des Plans war bereits gelungen. Es war an ihr, die Stadt zu retten.

Pippin unterbrach ihre Gedanken.

„In Wirklichkeit ist das Gesicht, das es krönt, jedoch viel anziehender", unstet fuhr sein Blick auf ihrem Antlitz umher und anderswo.

Estrella ekelte sich. Ihr war, als säße sie nackt vor diesem König. Agnellos Blick war ebenso intensiv über ihren Leib gefahren, ja. Sie hatte sich nicht eingestanden, bis jetzt, dass sie ihn genossen hatte. Dieser Mann jedoch, obwohl ein König, würde diese Gefühle nie in ihr wecken.

Konnte sie die Begierde des Fremden nutzen, um Zeit zu gewinnen? Es war ein gefährliches Spiel, das sie spielte. Vielleicht musste sie mehr geben, als sie konnte. Doch gelang es, war die Stadt in Sicherheit!

Estrella verwandelte sich vor den Augen des fremden Königs. Sie wünschte sich Fisch als Speise. Während sie aßen, zog sie Pippin mit ihrem lebendigen Wissen über die Tiere der Lagune in ihren Bann. Später probierten sie Wein und lachten, ließ sie sich alte Urkunden erklären, trug sie ihm Verse vor. Estrella war sich sicher: Ihre Reime aus den Weinstuben der Stadt verstand der König kaum. Doch das war egal. Es zählte allein, ihn aufzuhalten.

Gerade lobte Estrella artig die Disziplin der fränkischen Krieger auf dem Damm, als einer von ihnen Einlass begehrte.

„Die Städter haben zwei Katapulte aufgestellt!"

Der König hatte viel getrunken und wollte wohl auch Estrella beeindrucken.

„Noch nicht!", wies er den Eintretenden ab. „Wir greifen an, wenn ich es sage!"

Der Adler auf der Ringhand flatterte gereizt umher.

Der Krieger warf Estrella einen wütenden Blick zu und verschwand.

Venedig wappnete sich! Estrella jubelte stumm.

Doch sie hatte auch erfahren, dass Pippin die Stadt in jedem Fall angreifen wollte. Das durfte nicht sein!

Estrellas Herz klopfte laut, während sie überlegte. Über was konnte sie denn noch mit diesem Scheusal plaudern?

Und plötzlich war der König auffallend still und in sich gekehrt. Er stierte auf dem Zeltboden umher, wippte mit dem einen Stiefel auf und ab. Immer, wenn die Sohle den Boden traf, patschte es leise.

Das Schweigen war gefährlich für ihre Sache, das spürte Estrella. Was, wenn er jetzt den Angriff befahl? Im Zelt schien es dunkler als vorher. Und draußen breitete sich Unruhe aus.

Estrella erhob sich und spürte plötzlich, wie der Schlamm sich zwischen ihre nackten Zehen schob. Bei jedem Schritt auf Pippin zu sanken ihre Füße tiefer in den nassen Zeltboden ein. Es dauerte einige Atemzüge lang, bis sie endgültig begriff. Das Wasser hatte die Dammkrone erreicht! Jetzt hörte die auch die Schreie, die nun bis ins Zelt drangen.

'Die Flut!', Estrella erstarrte.

Pippin sah auf.

Wütend drohte er ihr mit dem wuchtigen Ring an der geballten Faust. Er hatte ihr Spiel durchschaut!

Pfeilschnell schlug der Adler zu. Hart traf er Estrella an der Wange.

Sie schmeckte ihr Blut und taumelte rückwärts gegen den runden Tisch. Halt suchend stieß sie gegen den schweren Kerzenleuchter und zerriss die Gliederkette an ihrer Hand. Zischend ertranken die Kerzendochte am nassen Boden, fiel die Kette in den Schlamm.

Estrella keuchte. In einem Augenblick war alles verloren!

Pippin drehte ihr bereits den Rücken zu. Sie war es ihm nicht einmal wert, dass er sie zum Schweigen brachte! Drei, vier Schritte nur war er noch vom Ausgang entfernt. Jederzeit konnte er die Krieger rufen. Es gab keinen anderen Ausweg mehr.

Blitzschnell hob Estrella den schweren Metallleuchter empor und holte aus.

Zwar traf ihr Hieb seinen Kopf. Doch Pippin hatte sich seitwärts gedreht und so die Wucht des Schlages gemildert. Jetzt stieß er sie, wenn auch benommen vom Schlag, weit von sich, dass sie fiel.

Für einen zweiten Schlag hatte Estrella keine Gelegenheit mehr. Pippin sprang bereits nach seinem Schwert, das an einer Zeltstange gegenüber lehnte.

Estrella fluchte. Immer noch kniete sie hilflos auf dem Zeltboden. Rings war alles nass und glitschig. Sie versuchte aufzustehen, doch sie rutschte aus in ihrem nassen Kleid. Hände und Ellbogen versanken tief im Schlamm, der sich gebildet hatte und der nun ihrem Gewicht nicht standhielt.

„Ihr solltet mich also umgarnen, bis dies höllische Wasser meine Männer ersäuft!", die glänzende Klinge des Franken berührte ihren Hals. „Dafür sterbt ihr mir"

Über sein verzerrtes Gesicht lief ein Rinnsal aus Blut. Er trat die kleine Gliederkette mit seinem Stiefel in den nassen Sand.

„Ihr seid nicht einmal die Tochter des Dogen, wette ich."

Estrella schluckte und stieß die Luft geräuschvoll aus. Es war entschieden. Sie würde Venedig niemals wieder sehen. Kalt drückte die Klinge gegen ihre Kehle.

Doch gerade jetzt kam ihr Agnello in den Sinn.

„Ihr habt Recht!", langsam erhob sie sich. „Ich bin eine Fischertochter. Die Tochter des Dogen nahm sich lieber das Leben, als euch zu gehören!"

Trotzig sah sie Pippin ins Gesicht. Wenn es schon sein musste, wollte sie mutig wie eine Löwin sterben. Sie straffte sich stolz und strich über das verschmutzte Kleid.

Das Messer!

Sie spürte die versteckte Klinge in ihrem Gewand. Nichts war verloren! Langsam schlossen sich ihre Finger um den vertrauten Griff.

„Eure Krieger werden untergehen! Wie ihr!", sie deutete mit dem Kinn auf den Boden vor sich.

Wasser drang bereits bis in das Zelt und spülte die Erde immer schneller fort. Die Zeltstangen schwankten ohne Halt. Draußen hörte sie wieder Hilferufe.

Pippin sah kurz hinab.

Es war dieser kostbare Augenblick, in dem das kleine Messer hinter Estrellas Rücken hervor raste. Ihr linker Arm schnellte an der vorgehaltenen Klinge des Franken vorbei, und mit aller Kraft stieß sie es in seinen Körper hinein. Estrellas rechte Schulter wurde von der eindringenden Schwertspitze nach hinten gedrückt, doch sie schaffte es.

Ungläubig stierte der Franke auf das Messer in seiner Seite und sackte stöhnend auf die Knie. Hasserfüllt sah er sie an. Er versuchte, sich zu erheben. Aber es gelang ihm nicht.

Atemlos stand Estrella vor ihm. Jetzt erst spürte sie den Schmerz in ihrer rechten Schulter, sah sie den blutverschmierten Stoff des Kleides. Sie keuchte.

Das trübe Wasser um ihre Knöchel schwappte kalt auf dem Zeltboden hin und her. Es hatte Kraft. Wie mächtig musste es erst über dem Damm fluten, der tiefer lag als des Königs Zelt? Sie musste fort von hier!

So gelassen sie konnte, trat sie aus dem Zelt.

Dichter Nebel war aufgezogen. Die Franken auf dem vergehenden Damm kämpften panisch mit dem tiefen Wasser. Ihre Rüstungen waren schwer!

Schnell watete Estrella zu der Stelle, an der Agnello warten wollte.

Das Boot war verschwunden.

„Agnello!", so laut sie konnte, rief sie nach ihm. „Agnello!"

Verzweifelt suchte Estrella die Umgebung ab. Doch nichts geschah.

Das grüne Wasser reichte ihr bereits bis über die Hüfte. Schmerzhaft stieß sie sich die Füße an den kantigen Steinen. Wo war Agnello?

Da! Dort bewegte sich ein Schatten im Nebel! Immer deutlicher sah sie die Umrisse eines kleinen Bootes.

„Agnello!", Estrella stolperte auf den Schatten zu.

Sie fiel dabei, stieß sich unter Wasser die Arme an Steinen, schlug sich die Füße wund. Und schluckte Wasser. Doch sie lief ihm entgegen, soweit sie konnte. Jeder Schmerz war ohne Bedeutung jetzt.

Als Agnello sie ins Boot zog, sah sie seinen besorgten Blick. Doch sie schlang nur ihre Arme um ihn und weinte vor Glück.

„Ein Anschlag auf den König! Lasst sie nicht entkommen!", der Franke, der vorhin die Katapulte gemeldet hatte, bahnte sich ungestüm einen Weg zu ihnen.

Bis zur Hüfte reichte ihm bereits das Wasser. Doch er stemmte sich grimmig gegen die grüne Flut und zog sein Schwert blank.

Andere Krieger wurden aufmerksam auf sie.

Panisch sah Estrella Pippin vor das zerstörte Zelt treten. Wütend zeigte er auf sie und schrie.

Der Krieger hatte das Boot erreicht und erhob sein Schwert. Gleich würde er zuschlagen.

'Jetzt ist es zu Ende', Estrella schloss die Augen.

Sie spürte den dumpfen Schlag, der das Boot tanzen ließ. Hörte etwas Schweres ins Wasser fallen. Doch der Schwerthieb blieb aus.

Erstaunt sah Estrella das Ruder in Agnellos Hand danach.

Zügig gewann der Doge Abstand zum Damm.

Estrella kauerte unbeteiligt und stumm auf ihrem Sitz. Sie streichelte über das Holz des väterlichen Bootes. Sie spürte kaum, wie Agnello ihre Wunde untersuchte. Wie lange sie so unterwegs waren, wusste sie nachher nicht mehr.

Doch Agnellos Stimme weckte sie aus ihrer Lethargie.

„Sieh nur!", er wies auf die wenigen verbliebenen Reste des Damms.

Nirgends waren die Franken zu sehen.

„Du hast gewusst, welche Macht die Flut hier draußen hat, nicht wahr?", er lächelte sie an.

„Ich bin eine Fischertochter, weißt du nicht mehr?", sie ließ ihre Hand durchs Wasser gleiten.

Agnello hörte auf zu rudern.

„Was hast du getan, dass er nicht angriff?"

„Ich war die Frau, die er sich wünschte!", Estrella spürte seine Neugier. „Bis er den Plan entdeckte. Doch da hatte die Flut ihn schon besiegt!"

Agnello staunte.

„Du hast die ganze Zeit über vorgehabt, ihn hinzuhalten, bis die Flut seine Truppen vernichtet?"

Estrella nickte.

„Hast du geglaubt, ich gehe wie ein Schaf zu ihm?"

Agnello schien erleichtert, als sie ihn anlächelte.

„Lass uns nach Hause fahren, Estrella!"

Aber da gefror schon ihr Lächeln. Vor Aufregung sprang sie auf, dass alles schwankte.

„Da hinten kommen Boote. Sie führen den Adler!"

Ohne abzuwarten, was Agnello tun würde, sprang sie zu dem Sitz und packte das eine der Ruder.

„Gemeinsam werden wir schneller sein!"

Wind kam auf und wirbelte unter den Nebel. Beide kämpften um die Macht auf dem Wasser. Drängte der eine laut voran, zog sich der andere geschwächt zurück und gab still die Sicht frei auf die Boote. Gleich darauf aber füllte er die entstandene Lücke wieder mit Undurchdringlichem und alles versank in grauer Unendlichkeit.

Immer dichter kam der Adler darin. Geifernd flatterte er am Bug und griff nach dem kleinen Boot, jedes Mal näher, tauchte er für einen Moment auf. Klatschend rissen die Ruder seiner Krieger das Wasser den Rumpf entlang und trieben ihn vorwärts. Wie schnell sie waren!

Estrella keuchte laut, ihr Herz schlug dazu im Rudertakt. Ihr Mund wurde trocken, die Wunde forderte Tribut. Lange würde sie nicht mehr durchhalten.

„Wir müssen es bis hinter den Nebel schaffen!", rief sie, so laut sie konnte.

„Von der Stadt aus muss es aussehen, als ob wir zu denen gehörten!", Agnello verzog sein Gesicht zu einem spöttischen Lachen. „Du hast nicht zufällig eine venezianische Fahne dabei?"

Estrella lachte zurück.

„Nein! Wir führen sie ja an, die Franken! Bis vor die Stadt!"

„Was?", Agnello fasste sie am Arm.

Beide hatten sie aufgehört zu rudern und das kleine Boot schaukelte auf den Wellen. Ganz still war es plötzlich, als sie sich ansahen. Einen ganzen Herzschlag lang.

„Vertrau mir", Estrella strahlte ihn an. „Die Stadt wird frei sein von ihrem Schatten!"

„Und wir?", Agnellos Stimme klang besorgt.

„Los, ihr Hunde! Dort sind sie!", barsch hallte das Kommando dicht hinter ihnen.

Klatschend fuhren Riemen ins Wasser.

Estrella duckte sich instinktiv. Der dunkle Schatten eines großen Bootes glitt durch den Nebel direkt auf sie zu. Am Bug stand ein Mann. Seine ausgestreckte Hand wies den Kriegern den Weg. Der Ring an dieser Hand war riesig. Pippin!

„Los!", Agnello stieß Estrella an, die gebannt auf das heranschießende Boot der Franken starrte.

Eine Schnur aus heller Gischt zog das kleine Boot nun hinter sich her. Die lockende Spur im Nebel für die wütenden Verfolger. Tief tauchten deren plumpen Boote in jedes Wellental, hievten den breiten Bug mühsam wieder empor. Selbst die Wellen stemmten sich ihnen entgegen! Jeder Brecher war ein geschenkter Herzschlag.

Estrella lächelte vor sich hin, während sie keuchend ruderte. Für Worte hatte sie längst keine Kraft mehr. Aber Vaters Boot mit seinem schlanken Bug schnitt geschmeidig durch die Wellenberge und flog über die Täler wie ein Vogel. Viel schneller als der Adler an der Hand des fremden Königs.

Endlich hatten sie die letzte Nebelbank vor dem Rivoalto durchfahren. Als lebendiger Traum schwebte die Stadt vor ihnen ausgebreitet auf den Wogen der Lagune. Leicht wie ein Trugbild, so sah Venedig aus in der Sonne. Estrella wusste, wie verletzlich es war. Und doch schien es ihr so stark!

Männer der Stadtwache standen dort drüben am Ufer. Über ihren geschlossenen Reihen ragten die Piken empor. Der alte Fischer aus ihrem Viertel drehte eine dicke Stange in seinen schwieligen Fäusten. Neben ihm der Mann hob gerade einen schweren Schmiedehammer auf. Und eine Frau stand entschlossen bei zwei Jungen auf einer Mauer. Zu ihren Füßen lagen Steine zum Wurf bereit.

Durch die Reihen der Stadtwächter trat ein Mann ganz nach vorn. Vor allen anderen entrollte der Einäugige eine Fahne und hob sie stolz empor.

Estrella jubelte.

Der Löwe von San Marco regte sich wieder! Agnello nickte verstehend und deutete auf die Katapulte.

Die Verfolger durchstießen hinter ihnen den Nebel. Estrella riss den Kopf herum und erschrak. Mit welcher Wucht die Franken die großen Boote führten! Sie beide, Agnello und sie, waren mitten unter ihnen in dem kleinen Fischerboot! Hatten sie zu viel gewagt?

Jede Flucht war unmöglich. Die Franken hatten sie bereits eingekreist und Kriegerhände hielten das kleine hellblaue Boot gefangen. Estrella sah das Grinsen in Pippins Gesicht, als sein Boot längsseits trieb. Was würde er ihr antun, als Entschädigung für die unerreichbare Stadt?

Agnello! Er hätte fortrudern können von Malamocco, versteckt im Nebel alles überstanden. Er aber hatte gewartet auf sie. Musste er jetzt sterben ihretwegen?

Von allen Seiten bedrängten die Franken ihn. Noch hielt er sie auf Abstand mit dem Ruder. Doch die Adler stießen bereits auf den Löwen herab.

Estrella nahm das andere Ruder auf. Sie würde an seiner Seite kämpfen. Bis zum Schluss.

Einen Lidschlag lang sah sie Agnellos Blick auf sich gerichtet. Er nickte knapp, wie am Morgen auf dem kleinen Platz. Stolz las sie in seinen Augen. Und Bedauern.

Plötzlich bebte das Wasser. Estrella sah die Bewegung der Katapulte. Stein auf Stein schleuderten sie aus sicherer Entfernung auf die überraschten Franken. Das Holz ihrer Boote kreischte unter der Wucht der

Geschosse, das Grün der Lagune grollte dazu. Und sie waren mittendrin!

Ein heftiger Schlag rüttelte das kleine Boot und warf es herum. Estrella wurde hinausgeschleudert und unter Wasser gedrückt. Das vollgesogene Kleid zog sie weiter hinab. Verzweifelt versuchte sie, es abzustreifen. Doch es gelang ihr nicht, die Schnüre zu lösen.

Ihre Sinne begannen zu schwinden. Schwebend zwischen Nebel und Wasser und zwischen den Welten dachte sie daran, wie gern sie mit Agnello gelebt, ihn wenigstens ein Mal geküsst hätte. Er musste es gewesen sein, den sie in ihrem Traum nahe bei sich gefühlt hatte. Wenigstens starb sie in der Heimat.

Seine Lippen fanden die ihren und verschlossen sie fest.

Dieser Traum war der schönste, den sie je gefühlt hatte! Seine dunklen Augen hielten ihre Seele fest, Luft strömte in ihre Lunge und belebte ihre Sinne. Das Kleid sank befreit hinab ins Dunkel danach. Es gehörte der Toten, die es einst trug. Und Agnello geleitete Estrella nach oben, zum Leben.

Prustend tauchte sie neben ihm auf und sah sich erstaunt um.

Die Katapulte bewegten sich nicht mehr. Rings schwammen Trümmer auf dem Wasser. Ein lebloser Adler auf einer Fahne trieb vorbei. Er war ertrunken.

Estrella gab Agnello ein Zeichen, ihr zu folgen.

Sie hatte Vaters Boot entdeckt.

Das kleine Boot war zerbrochen und hielt sich gerade noch über Wasser. Unter dem Sitz zog sie den braunen

Umhang hervor. Er war das Einzige, was sie retten konnte.

Als das kleine Boot schließlich versank, entließ sie es stumm. Sanft glitten die Spanten an ihrer Hand entlang dabei.

Die Konturen des Bootes verwischten auf seinem Weg hinab und lösten sich auf, bis es eins geworden war mit dem Grund, über den es so lange Zeit so gern gereist war. Das helle Blau des Holzes würde nie mehr dem Dunkel des Wassers leuchten.

Estrella schluckte.

**Sie erreichten** das Ufer der Stadt. Verstohlen legte Estrella den alten nassen Umhang um, ehe sie hinter Agnello aus dem Wasser stieg.

Castello.

Auf dem kleinen Platz zwischen den Obstbäumen mischten sich die umherschwirrenden Stimmen erleichterter Männer und Frauen mit dem hellen Lachen der Kinder, die zu ihnen beiden herüberwinkten.

Wie morgens schon, war der hagere Einäugige zu Agnello geeilt. Und, wie bei ihrer ersten Begegnung, verschwand er auch jetzt wieder unauffällig nach wenigen Worten.

Estrella fühlte sich nicht wohl unter den vielen Menschen. Doch wo sollte sie hin? Ratlos stand sie einfach da.

Die Kinder johlten plötzlich und kreischten vor Vergnügen. Flink umschwärmten sie den Einäugigen, der stolz zurückkehrte. Vorsichtig trug er ein karmesinrotes Kleid über den Platz. Darauf bedacht, dass es nicht den Boden berührte. Golden glitzerten die Verzierungen darauf in der Sonne.

Dann stand er vor ihr. Und Estrella starrte das prächtige Kleid mit offenem Mund an. Das Kleid aus ihrem Traum!

„Ein Stern ist hier erloschen. Nun kehrt er heller hierher zurück!", Agnello nahm dem Einäugigen das Kleid ab und half Estrella, es anzulegen. „Ich kenne keine, die Venedigs Farben verdienter tragen dürfte!"

Mit Vaters altem Umhang schirmte der Einäugige derweil beide vor den neugierigen Blicken der Umstehenden. Estrella fühlte einen Kloß in ihrem Hals aufsteigen. Dieser Umhang war das einzige Ding, was von ihrem alten Leben geblieben war.

Doch ihr war auch festlich zumute. Sie begriff es kaum und war sich nicht ganz sicher, ob sie träumte. Verwandelte sie sich wirklich von einer starren Raupe in einen farbenfrohen Schmetterling? Das hier war das Kleid aus ihrem Traum, da war sie sicher! Plötzlich wusste sie, dass dieser wahr wurde!

Der Einäugige legte den alten Umhang sorgsam zusammen und übergab ihn Estrella.

Die Gespräche verstummten unvermittelt, die Kinder lachten nicht mehr. Es wurde still auf dem Platz.

Am liebsten hätte Estrella sich versteckt. Warum sahen alle zu ihr herüber? Nervös knetete sie den braunen Umhang.

Der Einäugige begann langsam zu klatschen. Der alte Fischer neben ihm folgte seinem Beispiel als Erster. Er nickte Estrella freundlich zu.

Lauter und mächtiger wurde der Beifall. Bis schließlich der ganze Platz widerhallte vom Jubel der Anwesenden.

„Deine Tat hat sich wohl herumgesprochen!", lächelnd fasste Agnello ihre Hand. „So ist das in Venedig!"

Beide sahen sie am Ende des Tages auf das Wasser der Lagune hinaus. Es glitzerte und bebte, und Estrella schien es, als werfe die Lagune wie ein lebendiger Spiegel die letzten Strahlen der Sonne wieder hoch hinauf in den abendlichen Himmel. Damit es niemals ganz dunkel würde. Sie dachte an das kleine Boot. Und an ihren Traum vom Glück.

„Deine Tochter hieß Estrella!", plötzlich sah sie Agnello durchdringend an und legte ihre Arme um seinen Hals. „Ich bin nicht deine Tochter!"

„Du bist nicht meine Tochter, nein!", Agnello zog sie an sich. „Aber mein Stern wirst du immer sein!"

Zeitfracht Medien GmbH
Ferdinand-Jühlke-Straße 7
99095 Erfurt, Deutschland
produktsicherheit@kolibri360.de